KB093888

Letters to :

잊어버렸던 내 안의 어린 왕자를
다시 만나고픈 당신에게 드립니다

어느새 어른이 되고 만 우리에게, 별에서 온 편지

지금도 어린, 어린왕자

1판 1쇄 발행 2019년 6월 24일
1판 2쇄 발행 2019년 8월 7일

지은이   어린왕자
펴낸이   정상희
그린이   오차(이영아)
편 집   박유진
디자인   데시그 이승은

펴낸곳   프롬비
등록   제 406-2019-000050호
주소   10881 경기 파주시 광인사길 68, 403호
전화   (031) 944-2075
팩스   (050) 7088-1075
전자우편 jsh314@our-desig.com
포스트   http://naver.me/F3exA7Z0

ISBN 979-11-88801-04-6 (03810)

이 도서의 국립중앙도서관 출판예정도서목록(CIP)은 서지정보유통지원시스템 홈페이지(http://seoji.nl.go.kr)와
국가자료공동목록시스템(http://www.nl.go.kr/kolisnet)에서 이용하실 수 있습니다.(CIP제어번호 : CIP2019023097)

어느새 어른이 되고 만 우리에게,
별에서 온 편지

Le Petit Prince

지금도 어린, 어린왕자

어린왕자 지음

프롬비

어느새 어른이 되어버린 당신이
다시 나처럼 행복해지면 좋겠어
Prologue

—

오랜만에 이 별 지구에 다시 들렀어.

여전히 어른들은 바쁘고 힘들어하지만

왜 그래야 하는지, 왜 그렇게 되었는지

아무도 모르는 것 같았어.

분명 열심히 어딘가를 향해 걸어가면서도

여전히 불안해하고 우울해하더라고.

우리는 언제라도 어디로도 갈 수 있고,

언제 어디에 가더라도 즐겁고 행복할 수 있는데.

그래서 다시 한 번 말해주고 싶었어.

그렇게 애써 어른이 되려고 하지 말라고.

그럴 필요 없다고 말이야.

나처럼 멋진 어린 왕자였던 시절을 지나온
당신은 이미 충분하니까.

어쩌겠어.
멀리 있으니까 오히려 모든 걸 더 잘 볼 수 있는 내가
다시 한 번 알려줄 수밖에 없지, 뭐.
어른들은 바쁘다는 이유로,
더 중요한 건 더 잘 잊어버리고
더 소중한 건 더 잘 보지 못하니까.

조금 번거롭지만 나는 끝까지 책임을 질 거야!
우리는 이미 서로 오래전부터 길들여진 친구 사이니까.

차례

I reamain yours sincerely

It doesn't matter
what we see

I'm not lonely
because
I miss you

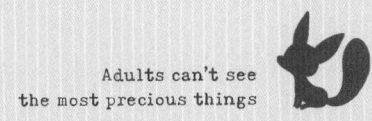

Adults can't see
the most precious things

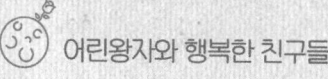 어린왕자와 행복한 친구들

어린왕자	여우
솔직해서 까칠하다는 오해를 사곤 하지만 순수하고 내면을 볼 줄 아는 지혜를 가졌다.	귀여운 외모와는 달리 차분하고 사색을 즐긴다. 어린왕자와 산책하는 시간을 가장 좋아한다.

비행사

어느새 어른이 되었지만 어
린왕자의 오랜 친구. 내일
보다 오늘 더 행복하고 싶
다. 잃었던 꿈을 찾고 싶다.

방울뱀

언제나 적응을 잘하고 사
막에 홀로 있어도 외로워
하지 않는다. 그래도 우정
을 그리워한다.

장미

수줍어서 제대로 표현하
지 못하지만 그 누구보다
그 무엇보다 사랑을 소중
히 생각한다.

It doesn't matter what we see
겉모습이 뭐가 중요해? 모든 게 나인걸!
나는 아직도 더 많고 다양한 나로 달라질 수 있어!
다양한 내 모습을 인정하면 인생도 더 즐거워져!

Le Petit Prince
2.50

ARRIVAL AIRPORT
POST OFFICE

From.

Le Petit Prince, B612
I reamain yours sincerely

이 세상에 나 혼자서 이룬 건 없어

There is nothing we can achieve
on our own in this world

—

주변 모든 걸 다 내 것이라 생각해?

모두 각자 혼자 열심히 노력해서 얻은 거라고?

당장 공기만 없어도 살 수 없는 연약한 우리인데.

공기와 열기와 수많은 알갱이가 모여 구름이 되어야

시원하고 푸른 비가 내리는 거래!

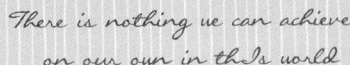

There is nothing we can achieve
on our own in this world

우리는 늘 꿈을 꾸는데
어른들은 늘 꿈을 포기해요

We're always dreaming
Adults always give up their dreams

—

어른들은 우리에게 항상 묻지.

꿈이 커야 훌륭한 사람이 된다고.

그런데 우리가 꿈을 말하면 언제나 무시하지.

내가 만난 비행사 아저씨도 어른들 때문에

화가라는 멋진 꿈을 6살 때 이미 포기했다고 했어.

여전히 어른들은 우리 꿈을 포기하게 만드는 게 취미인 것 같아.

어른들은 진심으로
대화하는 방법을 모르는 것 같아

I think all the adults don't know
how to talk sincerely

—

어느 날 내가 비행사 아저씨한테 물었어.

장미에는 왜 가시가 있는 거냐고.

양들은 가시가 있어도 장미를 먹는데 가시가 무슨 소용이냐고.

아저씨는 잠시 고개를 갸우뚱하더니 대답했어.

장미가 가진 가시가 아무짝에도 쓸모없고

그저 장미가 부리는 심술일 뿐이라고.

그 작은 가시만으로는 장미가 스스로를 보호할 수 없다는 건

나도 잘 알아.

하지만 그 가시가 장미들을 안심시킨다고 생각해.

그 가시 때문에 장미들은 안전하다고 생각하고 살 수 있거든.

그 가시가 없다면 언제나 불안 속에서 살 테니까.

그러면 장미들이 너무 불쌍하잖아.

그런데 그렇게 중요한 가시가 아무 쓸모없고 심술일 뿐이라고?

이 세상에 아무 이유 없이 태어난 건 없어.

우리가 제대로 이해하거나 알고 싶어하지 않을 뿐이지.

우리가 이런 대화를 나누고 있을 때

비행사 아저씨는 땀을 뻘뻘 흘리면서

비행기를 수리하고 있었어.

내가 화를 내며 말하니까 그는 정말 어른처럼 말했어.

지금 중요한 일을 하고 있어서 건성으로 대답했다는 거야.

어른들은 항상 자기들 일만 중요한 줄 안다니까?

우리가 왜 태어났는지, 누군가를 위해 무엇을 할 수 있을지

이런 이야기보다 비행기가 더 중요하다니!

어른들은 진심으로 생각하고 진심으로 대화할 줄 모르나 봐.

추억이라는 말로
후회를 감추려 하지 말아요

Don't cover up your regrets
in the name of memories

—

그 비행사는 나이가 들어서야

잃어버린 예전 꿈을 찾으려고 애쓰는 듯했어.

그는 날 보지 못했지만, 나는 우연히 지나는 길에

나이든 그를 봤거든.

한 손에 물감과 연필을 들고 어디론가 힘들게 가고 있었어.

왜 어릴 때 포기하고 나이 들어서야 꿈을 찾아갈까?

꿈을 찾는다는 말보다 회상한다는 말이 더 맞을 것 같아.

어른들은 항상 그렇게 후회하면서 살아가지.

추억이라는 핑계를 대면서 말이야.

어른들 표정이
언제나 똑같은 이유

**Why adults always
look the same?**

—

어른이 된다는 건 무언가를 계속 포기하는 일인 것 같아.

꿈도 상상도 이해심도…

모두 똑같이 생각하고

똑같이 좋아하는 얘기와 행동을 해야

인정해주니까.

그래서 모두 똑같은 표정을 하고 있나 봐.

우리가 보아야 할
정말 중요한 건 뭘까?

What we really need to see?

—

어른들은 생각보다 멍청해.
모든 걸 다 안다는 듯 우리에게 설명하고 충고하며
숫자로 정확하게 말하기를 좋아하지.
그런데 막상 어른들이야말로
양과 염소도 구별 못 한다는 거 알아?
어른들은 눈에 보이는 것으로만 판단하는
고약한 습관을 가졌기 때문이야.

숫자는 하나만 설명하지만
글자는 많은 걸 담을 수 있어

Numbers can explain just one meaning,
but letters can contain more

—

오래전에 내가 사는 소행성을 어느 천문학자가 발견했어.

그는 내 행성에 아주 못생긴 이름을 붙여 불렀지.

그냥 숫자일 뿐이었어.

역시 어른들은 숫자를 너무 좋아해.

아마 내가 사는 행성의 그 예쁜 노을이 얼마나 아름다운지

어른들이 알아듣게 설명하려면

1000만 원어치도 넘는 아름다움이라고 해야

고개를 끄덕이며 알아들을 거야.

아무튼 난 내 행성을 숫자가 아니라 글자로 부르기로 했어.

비욱일이, 이렇게 말이야.

숫자만으로는 내 사랑하는 행성을 다 담을 수 없거든!

보이는 것은 중요하지 않아
It doesn't matter what we see

—

겉모습이 뭐가 중요해? 모든 게 나인걸!
나는 아직도 더 많고 다양한 나로 달라질 수 있어!
다양한 내 모습을 인정하면 인생도 더 즐거워져!

하지만 어른들은 보이는 것만 믿지

But adults only believe in
what they see

—

하지만 어른들은 보이는 대로만 믿는 것 같아.
내 소행성을 발견한 천문학자가 말했어.
처음에는 자기가 아무렇게나 입고 말했더니
아무도 내 행성에 대해 믿지 않았다는 거야.
그러다 나중에 멋진 옷을 차려입고 말했더니
그제야 내 행성의 존재를 믿어주었대.
이래서 우리가 어른들을 속이기 참 쉽다니까!

지금도 어린, 어린왕자

모든 것에는 충분한 시간이 필요해요
Everything needs plenty of time

—

내 행성에도 다양한 풀들이 있어.

아침에 일어나면 내 몸을 씻고 단장하듯

내 행성도 곱게 단장해줘야 해.

내 행성은 작기 때문에

나쁜 풀들이 보이면 바로 뽑아줘야 해.

하지만 참 어려운 일이야.

새싹일 때는 다 예쁘고 비슷하거든.

조금 더 시간이 지나야

그 풀이 내 행성에 어떤 영향을 주는지 알 수 있지.

가장 큰 바오밥나무가 가장 문제였어.

내 행성은 너무 작아서 바오밥나무가 자라면 부서지니까.

작은 새싹이 커다란 바오밥나무가 될 때까지

모른 척하고 게으름을 피우다간

어느새 사랑하는 내 행성이 사라질지도 몰라.

진심으로 생각해본 다음
답을 내봐요

Think about it sincerely, then decide your answer

—

비행사 아저씨는 언제나 나에게 정답을 원했어.

언제나 나에게 물어보고 정해진 답을 들으려 했어.

하루는 내가 아이 참, 하며 짜증을 냈지.

그제야 아저씨는 처음으로 고민하며 생각하려고 했어.

어른들은 우리가 생각 없이 행동한다고 하지만

어른들만큼 생각 없지는 않거든.

생각한다는 게, 고민한다는 게.

서로가 생각하는 대답이 다를 뿐인 거니까.

I'm not lonely because I miss you

진짜 외로움은 함께하고 싶은 사람이
없을 때 느껴지는 거야.
보고 싶을 때 외로운 게 아니라
보고 싶은 사람이 없을 때 외로운 거야.

Le Petit Prince

2⁵⁰

ARRIVAL AIRPORT
POST OFFICE

From. _____

Le Petit Prince, B612
I reamain yours sincerely

올려다보는 게 많을수록
더 성장할 수 있어요

The more you look up,
the more you can grow

—

나는 아직도 어린, 어린왕자야.

내가 왜 여전히 어린지 알아?

언제나 멋진 걸 보고 싶어 해서야.

위에서 내려다보는 거보다

아래에서 올려다보는 게

모두 훨씬 더 멋있어 보이니까.

어른들은 이 비밀을 전혀 모르지.

그래서 거만한 어른이 되어버리는 것 같아.

왜 어른들은 큰 것만 좋아할까?

Why do adults
only like big things?

—

지구에 오니 어른들은 바오밥나무를 좋아했어.

엄청 거대하고 뿌리가 깊어 멋있다는 이유였어.

커다란 걸 너무 좋아하는 게 참 문제야.

아주 오래전에 살았던 공룡들이 덩치가 커서 멸종한 걸 보면

크다는 게 늘 좋기만 한 건 아닌 것 같은데 말이야.

죽을 때까지 위로 더 커지려고만 하다가

주변의 더 작고 아름다운 것들은 놓치고 말지.

행복은 돈으로 살 수 없어요
Money can't buy happiness

—

아직 난 돈이 뭔지 모르겠어.

하지만 어른들이 하는 모든 말은 돈으로 끝나.

열심히 해야 돈을 번다,

공부해야 돈을 번다,

이렇게 해야 돈을 번다,

저렇게 해야 돈을 번다… 등등.

돈이 많아야 행복하다고 말이야.

난 돈을 가져본 적은 없지만

장미에게 물을 주면서

상자 안에 있는 양에게 밥을 주면서

언제든 일몰과 일출을 볼 수 있다는 데

커다란 행복을 느끼는데…

가져본 적 없어서 잘 모르는 걸까?

난 돈이 없어도 매일 행복하거든.

가장 아픈 건 마음의 상처야

The wound of the heart is
the most painful

—

내가 살던 비육일이에서는 딱히 다친 적이 없었어.

장미가시에 찔릴 뻔한 적도 없었지.

그런데 지구에 왔더니 위험한 것투성이더라고.

가장 위험한 건 어른들이었어.

그들은 마음을 다치게 하니까.

말로, 힘으로, 눈빛으로, 편견으로.

정답은 없어,
다른 답들이 있을 뿐이야

There is not one correct answer,
there are only other answers

—

어른들은 항상 정답을 찾으려고 고민해.

그런데 고민만 하다가 선택을 못하더라고.

그 무엇을 선택하든

그 모든 게 답이라는 걸 아직도 몰라.

꼭 정답이 아니어도 괜찮은데.

그래서 어른들은 후회하면서 살고 있어.

자기 삶이 정답이 아니라고 한숨만 쉬면서.

imperfect

There is not one correct answer
there are only other answers

사람이 많을수록
우리는 더 외로워지는 것 같아

The more people we see,
the more lonely we become

—

지구에 오기 전에 난 우리 행성 근처에 있는 별부터 들렀어.

하나같이 우리 행성만큼 작았지.

그 별들마다 왕, 허영쟁이, 주정뱅이, 사업가, 가로등 켜는 사람,

지리학자…… 모두 이상한 어른들만 살고 있었어.

도저히 이해가 안 가더라고!

난 나 같은 어린이를 만나고 싶었는데 말야.

그래서 더 커다란 행성 지구로 오기로 결정한 거야.

그런데 세상에!

여기는 그동안 여러 별에서 만났던 어른들보다

더 이상한 어른들이 훨씬 더 많았어.

너무 울적해진 난 어느 날 모래로 둘러싸인 사막에 왔지.

사막은 지구에서 가장 사람이 없는 곳이었으니까.

가끔은 혼자 있을 때

가장 위로가 되거든.

어른들은 '만약'이 있어야
사랑할 수 있나 봐

Adults need to have
'if' for love

—

어른들이 좋아하는 단어가 또 하나 있어.

만약!

항상 어린이들에게

만약 청소를 잘하면 만약 숙제를 다 하면

만약 엄마 아빠 말을 잘 들으면 만약 착한 일을 하면

무엇을 주겠다고 조건을 걸지.

어른들은 우리에게

사랑은 조건 없이 다 해주는 마음이라고 해놓고는,

왜 사랑하는 우리에게 늘

'만약'이라는 조건을 다는 걸까?

우린 '만약' 없이도 마냥 좋은데…….

Je ♥ t'aime

*Adults need to have
if for love*

I love you the way you are

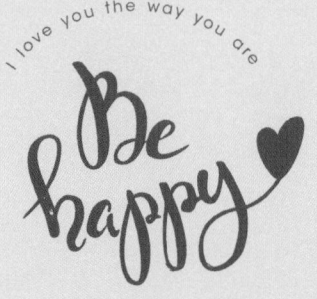

Be happy

I just love it

나는 '그냥' 좋을 뿐인데
I 'just' love it

—

세상에서 내가 가장 좋아하는 말이 뭔지 알아?

그냥!

이런저런 아무 이유도 없는 그냥.

다른 말은 필요 없잖아.

하지만 어른들은 더는 이 말을 쓰지 않아.

난 그냥 장미가 좋고

난 그냥 작은 행성이 좋은데

어른들은 항상 이유를 물어봐서 참 힘들어.

난 언제나 이렇게 대답하고 싶어.

'그냥'이라고.

답은 더 멀리, 더 천천히 가야
만날 수 있는데

The farther, the slower we go,
the better answer we get

—

사막 한가운데서 비행기를 고치는 한 아저씨가 있었어.

땀을 뻘뻘 흘리며 힘들어 보이더라고.

그래서 내가 먼저 다가가 말을 걸었어.

하지만 아저씨를 이해하기는 힘들었어.

비행기는 평평한 활주로가 있어야 날 수 있는데,

모래뿐인 사막에서 비행기를 고친다 해도 날지 못할 테니까.

하지만 어른들은 그저 바로 앞에 닥친 문제만 해결하려고들 하지.

그래서 매일 문제만 해결하다가 힘겹게 잠이 드나 봐.

네가 보고 싶으니까
나는 외롭지 않아

I'm not lonely
because I miss you

—

외롭지 않은 시간

함께하고 싶은 사람이 있으면 외롭지 않아.

진짜 외로움은 함께하고 싶은 사람이

없을 때 느껴지는 거야.

보고 싶을 때 외로운 게 아니라

보고 싶은 사람이 없을 때 외로운 거야.

그런데 이 많은 사람들은
왜 외로워 보일까?

But why do they all
look lonely?

—

내가 처음 지구에 도착했을 때 사막에서 뱀을 만났어.

그때 뱀이 말했지.

사막에는 사람이 살지 않는다고.

그래서일까? 난 그 뱀이 너무 외로워 보였어.

그런데 지금 이렇게 사람이 많은데도

다들 외로워 보이는 이유는 뭘까?

Love makes me a better person

기쁜 사랑도 슬픈 사랑도 우리를 달라지게 해.
내가 달라지면 내 인생도 내 세계도 달라지니까,
우리는 그렇게 자랄 수 있어.

Le Petit Prince
2.50

From. _____

Le Petit Prince, B612
I reamain yours sincerely

행복은 늘 여기저기
가까이 있을 뿐인데

Happiness has always been there,
just close to us

—

행복과 행운은 시간 차이일 뿐이야!

행운은 짧은 기쁨. 행복은 긴 기쁨일 뿐인데

행복보다 행운을 찾는 어른들.

행복이 긴 게 아니라 멀리 있다고 착각하고 있는 어른들.

지금도 어린, 어린왕자 ✦✧ ✦

비밀이 많을수록
삶은 무거워지는 것 같아

The more secrets you have,
the heavier your life becomes

—

난 일부러 무언가를 숨기려 한 적이 없어.

어른들이 말하는 비밀 같은 거 말이야.

그런데 이 비행사 아저씨는 나와 얘기하면서

내 비밀을 알았다고 자주 말했어.

난 처음부터 숨긴 적도 없는데 말이야.

내 이야기를 다 비밀이라고 생각하고 싶었나 봐.

어른들은 생각보다 비밀이 많은 것 같아.

참 힘들겠어.

비밀을 안 들키려고 항상 걱정하며 살고 있잖아.

다른 사람들도 다 자기들처럼

비밀이 많을 거라고 생각해버리잖아.

그래야 마음이 가벼워지는 걸까?

삶은 더 무거워지는데.

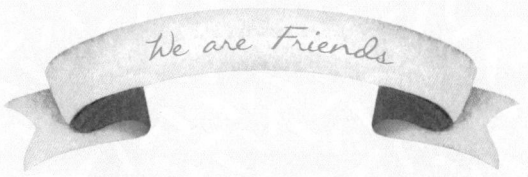

We are Friends

*The more secrets you have
heavier your life becomes*

가장 중요한 건 보이지 않아

We can't see the most
important things

—

지금 꿈을 향해 가고 있다면 불안해하지 않아도 돼.

아직 아무것도 보이지 않아도 걱정하지 마.

정말로 중요한 건 보이지 않으니까.

내 친구 사막여우가 그랬어.

나도 같은 생각이고.

사랑하면 달라져요,
더 좋은 나로

Love makes me
a better person

⸻

사랑이라는 거 해본 적 있어?

혹시 없다면 지금 바로 시작해봐.

바로 옆에 피어 있는 장미부터 사랑해보는 건 어때?

사랑하는 그 순간부터 달라진 나를 볼 수 있을 거야.

참 재미있고 뿌듯할 거야.

꼭 다시 한 번 생각해봐.

사랑한 뒤 무엇이 바뀌었는지.

기쁜 사랑도 슬픈 사랑도 우리를 달라지게 해.

내가 달라지면 내 인생도 내 세계도 달라지니까,

우리는 그렇게 자랄 수 있어.

인생은 속도나 목표가 아니라
방향입니다

Life is about a direction,
not a speed or a goal

—

살면서 모두가 가장 많이 착각하는 게 있어.

우리는 생각보다 여러 방향으로 갈 수 있다는 거야.

달리기처럼 한 방향으로만 가야 하는 게 아니야.

때로는 뒤로 몇 걸음 가는 게 훨씬 쉽다는 걸 알아야 해.

앞이 아니라 동서남북 어디라 해도

지금 내가 가는 방향을 믿고 가야 해.

Life is about a direction,
not a speed or a goal

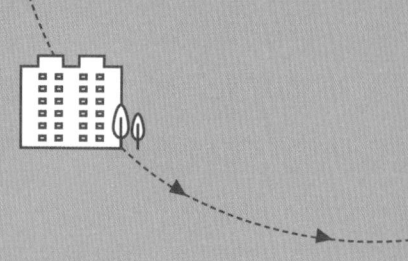

어른들은 왜 그렇게 걷지?
Walking dead

—

거리에서 계단에서 혹시 살펴본 적 있어?
어른들이 걷는 모습 말이야.
너무나 빠르게 어디로 가는지도 모르게 걷지.
하지만 난 지금까지 단 한 번도
어른들이 신나게 걷는 모습을 본 적이 없어.
그렇게 빨리 걷는데
어떻게 그렇게 힘없어 보이는 걸까?
어른들은 참 모순덩어리야.

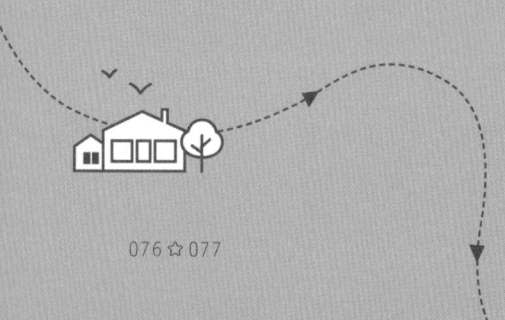

지금도 어린, 어린왕자

슬플 때는 눈을 들어
노을을 봐봐

When you're sad,
look up at the sunset

—

난 언젠가 해가 지는 광경을 마흔세 번이나 본 적이 있어!
슬플 때는 노을을 보고 싶어지니까.
그런데 지구에서는 노을을 볼 수 있는 시간이 너무 짧아.
그래서 이 별에 사는 사람들은 더 슬픈 건가 봐.

웃음은 누구나 할 수 있는
능력이야

**Laughter is the ability
everyone can have**

—

간지럼을 태우면 웃음이 나는 이유는?

아무리 우울해도 언제라도 웃으라는 뜻이야.

우린 언제든 웃을 수 있어.

웃기만 해도 행복할 수 있어.

꼭 기억해, 우린 언제든 행복할 수 있어!

시간은 언제나 당신의 편이에요

Time is always
on your side

—

때가 됐어.
때가 되었다는 건 이제 나와야 한다는 뜻이야.
계속 거기 머물러 있으면 그 무엇도 일어나지 않아.
때를 기다리다 보면 때를 놓칠 수도 있어.

이제 때를 만들어봐!
지금부터 너의 시간이야.
어른들이 널 어떻게 보든
남들이 널 어떻게 보든
시간도 나도 모두 네 편이니까!

We can't or we don't?

어쨌든 시작을 해야
그동안 준비한 걸 사용할 수 있는데
뭐가 두려워서 망설이는 걸까?
혹시 처음부터 시작할 마음이 없었던 건 아닐까?

Le Petit Prince
2.50

From.

Le Petit Prince, B612
I reamain yours sincerely

과정만으로도 이미 충분해

The roads we've walk through is enough for us

—

처음부터 어떻게 잘할 수 있겠어?

바로바로 성공하기 힘든 건 너무 당연한데

왜들 그렇게 욕심이 많을까?

하지만 포기하지 않고 계속할수록

그동안 해왔던 모든 일들이 더 값진 도전으로 남을 거야.

성공과 결과가 뭐가 그렇게 중요하다고.

어차피 우리가 살다가 죽는 것도 그냥 과정일 뿐이잖아.

하지만 어쨌든 하고 싶어서 노력해놓고는 중간에 포기한다면,

그동안 해왔던 도전들도 모두 실패로 남을 수밖에 없잖아.

그러니까 명심해!

죽 달려보는 거야, 아니, 걸어보는 거야.

그거면 돼.

이미 충분한 거야.

친구는 경쟁자가 아니야
Friends are not competitors

—

어른들은 친구가 매우 중요하다고들 해.

그런데 그들은 친구가 없는걸.

모두 경쟁자들뿐.

그런데 자꾸 친구라 부르며 가까이 지내려 하지.

그러면서 상처받고 외로워하지.

그들은 어렸을 때 분명 친구였었어.

하지만 어른들이 그 어린 친구들을 서로 경쟁시켰지.

결국 그들에게는 지금

친구라는 경쟁자들만 주위에 가득해.

경쟁은 친구와 하는 게 아닌데.

어른들은 그렇게 친구를 잃어버리고 말았어.

봉우리에 도착하면
쉬어가야 해요

We need to rest
when we get to the peak

—

내가 사는 별에는

내가 힘들 때 의자처럼 앉을 수 있는

화산이 세 개 있었어.

그런데 여기 지구에 있는 산들은 너무 높았어.

그래서 힘들었지만 올라가봤어.

거기라면 이 행성과 사람들을

한눈에 볼 수 있을 것 같았으니까.

하지만 높이 올라가도 소용없었어.

보이는 건 뾰족한 암석 봉우리에

들리는 건 메아리로 되돌아오는 내 목소리뿐.

그래서 일단 잠시 쉬어가기로 했어.

그러자 갑자기 느낄 수 있었어.

지금까지 나와 함께해준 맑은 공기와 구름과 나무들을.

이렇게 멈추고 쉬어갈 때 더 많이 볼 수 있는데.
더 좋은 것들을 제대로 느낄 수있는데.
어른들은 모두 높은 곳으로 올라가려고만 해.
그저 최고의 순간만을 생각하며 쉼 없이 오르기만 해.
산봉우리뿐만 아니라 산등성이에 있는
아름다운 것들은 쉬어가야 놓치지 않을 수 있어.

할 수 없는 걸까 하지 않는 걸까?
We can't or we don't?

—

준비만 하다가 시작도 못하는 어른들.
어쨌든 시작을 해야
그동안 준비한 걸 사용할 수 있는데
뭐가 두려워서 망설이는 걸까?
혹시 처음부터 시작할 마음이 없었던 건 아닐까?

Life
is
sweet

If we stop for a while
but life is always moving

잠시 멈추어도
삶은 끊임없이 움직이니까

If we stop for a while,
but life is always moving

—

게으르면 무조건 나쁜 걸까?

아무것도 안 하는 것 같아?

저기 핀 장미를 봐봐.

아무것도 하지 않고

게다가 가시가 있어서 만질 수도 없어.

하지만 그저 보기만 해도 기분 좋고

좋은 향기로 마음을 설레게 하잖아.

누군가 아무것도 하지 않는다고 불평하지 마.

보이지 않을 뿐, 분명 무엇이든 하고 있을 테니까.

어떻게든 살아가고 있을 테니까.

잘 쉬어야 더 오래갈 수 있어요

Good rest makes it
last longer

—

휴식도 공부해야 해.

휴식도 연습해야 해.

제대로 쉴 줄 알아야 해.

그래서 나는 가끔 하루를 전부 쉬기도 해.

마음만 먹으면 의자에 앉아 며칠도 쉴 수 있지.

그렇게 푹 쉬고 나면

어느새 쉬는 게 지겨워지고

일하고 싶어지거든.

그렇게 더 열심히, 더 반갑게 일하게 되지.

알겠지?

왜 잘 쉬어야 더 오래 일할 수 있는지.

누가 더 문제인 걸까?
Who's the problem?

—

뭐라고 말을 걸면 좋을지,

딱히 첫 마디가 생각나지 않았어.

그래서 예전부터 갖고 싶었던 양을 그려달라고 한 거야.

물론 아저씨는 이해가 가지 않는다는 표정으로 나를 바라봤지.

사막 한복판에 어린아이가 혼자 나타나 불쑥

양 그림을 그려달라니, 그런 표정을 짓는 게 이해되긴 해.

하지만 화가가 꿈인 아이가 커서 비행사가 됐다는 게

난 더 이해가 안 가.

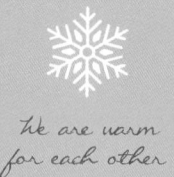

We are warm
for each other

서로를 위해
우리는 따뜻한 거야

We are warm
for each other

—

우리를 따뜻하게 하는 건
동물 털이 아니라 서로의 체온이야.
그런데 왜 굳이 동물을 죽여서 만든
가죽을 쓰고 다니는지 이해가 안 가.
추우면 서로 꼭 안아보면 알 텐데.
얼마나 우리가 따뜻할 수 있는지.

그래도 조금 더
행복하게 웃을 수 있어요

Still, we can laugh
a little happier

——

내가 지구에 와서 처음 웃었던 게

뱀이 내 겨드랑이 사이로 지나갔을 때야.

어느 날은 또 그렇게 웃고 싶어서

내가 직접 간지럼을 태웠는데

전혀 웃음이 나지 않았어.

혼자서는 웃을 수 없다는 걸 그때 알았어.

나 자신보다 다른 사람 때문에 웃을 때

더 행복하다는 걸.

결국 우린 곁에 누군가가 있어야 웃을 수 있나 봐.

looking from a little distance,
everything is fine
지금 앞에 놓인 걱정들 때문에 너무 걱정하지 마.
조금 멀리서 보면 한없이 작아지니까.

Le Petit Prince

2.50

ARRIVAL AIRPORT
POST OFFICE

From.

Le Petit Prince, B612
I reamain yours sincerely

처음부터 잘할 수 있는
사람은 없어

No one can do it well
from the start

—

처음부터 성공하고 싶어?

말도 안 돼!

지금 태어난 아이에게 바로 걸어보라는 것과 뭐가 달라?

여러 번 넘어져야 걸을 수 있다고!

그러니 여러 번 실패해봐야 해.

언젠가는 그동안 했던 실패까지 모두

의미 있는 도전으로 바뀌니까 두려워하지 마.

그래도 포기는 하지 마.

포기하는 순간

수많은 도전이 수많은 실패로 바뀌고 말 테니까.

모두 그저 서로 다를 뿐
We're all just different

—

누구나 시작은 같아.
하지만 마지막은 모두 다른 모습일 거야.
중요한 건 그 다른 모습으로
성공과 실패를 결정하지 말아야 한다는 것.

지금도 어린, 어린왕자 ✦☆ ✦

조금만 멀리서
바라보면 다 괜찮아요

Looking from a little distance,
everything is fine

—

내가 살던 별도 이렇게 멀리 있으니 거의 보이지 않아.

지금은 너무 크게 느껴지지만 멀리 지내다 보면 작은 일들뿐인 걸.

지금 앞에 놓인 걱정들 때문에 너무 걱정하지 마.

조금 멀리서 보면 한없이 작아지니까.

무언가를 기다릴 수만 있어도
행복입니다

We are happy
even if we can wait for something

—

기다림. 인생은 기다림이야.

기다림이 없는 건 세상에 없거든.

기다림이 없다면 정말 너무 슬플 거야.

무엇을 기다리는지를 알고 기다릴 때

정말로 설레고 행복하니까.

소리 없는 위로가
때론 가장 커다란 위안을 줍니다

Sometimes silent comfort is
the greatest comfort

—

누군가에게 등을 보여줘봐.

누군가에게 기꺼이 뒷모습을 보여줘봐.

때론 세심하게 안아주는 것보다

무심하지만 듬직하게 기댈 수 있는

말 없는 등이 최고의 배려일 수 있을 테니까.

지금도 어린, 어린왕자 ✩ ✦

겉모습은 때론
마음을 가려버려요

Sometimes looks cover your mind

—

내가 살던 별에는 장미꽃 한 송이가 있었어.

너무너무 예쁘고 향기가 좋았지.

장미 뒤로 해가 뜰 때면 더욱 아름다웠고

별 전체에 장미향이 가득 찼어.

나는 장미를 생각만 해도 너무나 행복했지.

그런데 장미는 나만 보면 툴툴대고 트집을 잡곤 했어.

하지만 내가 별을 떠나던 날 장미는

조심스레 말했어.

실은 나를 좋아했다고….

그래서 더 관심 받고 싶었던 거였구나.

내가 장미의 마음을 몰랐구나.

나는 장미의 예쁜 겉모습만 보고

더 중요한 마음은 들여다보려 하지 않았던 거야.

지금도 어린, 어린왕자

Sweet
World

what were looking for
is closer than we think

우리가 찾아 헤매는 것은
생각보다 가까이에 있어요

What we're looking for
is closer than we think

—

어른들은 뭐가 중요한지 몰라.

가장 시원한 물은 가장 갈증이 날 때 마시는 물이고,

가장 맛있는 음식은 가장 배고플 때 먹는 음식인데.

그들은 지금도 이곳저곳을 돌아다니며 찾고 있어.

그들이 찾는 게 본인에게 있다는 걸 왜 모르지?

때론 멈출 수 있는 용기

Sometimes we need
the courage to stop

—

보이잖아. 모두가 알고 있잖아.
계속 가면 떨어진다는 걸.
하지만 어른들은 멈추지 않아.
욕심 때문에 판단이 흐려졌거나
자신을 속이기 시작했으니.
욕심만 버리면 언제든 멈출 수 있어!
언제 어디에서든
과감히 멈출 수 있는 용기가 필요해.

너무 크면 함께할 수 있는 게
줄어들어요

It's too big,
it's less together

—

내 작은 행성에서는

장미 한 송이로도 향기가 가득했는데

지구에서는 어림도 없지.

그렇다고 장미를 탓하지는 마.

커다란 지구를 탓해야 하지.

지금도 어린, 어린왕자 ✦✩ ✶

Adults can't see
the most precious things

그 사람이 오늘 어떤 기분인지,

그 사람은 오늘 무엇 때문에 가장 행복한지,

그 사람은 오늘 무엇에 가장 많은 시간을 보냈는지,

그 사람에게는 무엇이 가장 소중한지를

어른들은 궁금해하지 않아.

Le Petit Prince
2.50

From. _____

Le Petit Prince, B612
I reamain yours sincerely

어른이 되고
싶지 않은 이유

Why we don't want to
be adult

—

보이는 것만 믿는 사람들.

결과만 보고 판단하는 사람들.

치밀한 계획 속에 사는 사람들.

양보 없이 착한 척하는 사람들.

이기적인 사람들.

바로 어른들!

그러니까 난, 어른이 되지 않을 거야.

지금도 어린, 어린왕자 ✦

서로 길들여진다는 건
서로에게 시간을 나눠주는 거야

Being tamed with each other,
sharing each other's time

—

내가 처음 내 친구 여우를 만났을 때
너무너무 귀엽게 생긴 여우를 보자마자
쓰다듬으려 했지만,
여우는 무례하다며 내 손을 피했지.
우리는 아직 서로 '길들여지지' 않은 사이라고.
그런데 지구에 와서 보니 어른들은 이상했어.

길들여지기는커녕 처음 만나는 사이인데도
너무 아무렇지 않게 서로 묻고, 참견하고,
간섭하고, 조종하려고 했어.
서로 길들여지려면 시간이 필요한데,
서로에게 단 하나뿐인 존재가 될 시간이 필요한 건데,
아무래도 어른들은 그럴 시간도 없이 바빠서인가 봐.

첫 시작을 잊지 말아야 해요

Don't forget
your first start

—

우리 모두 처음엔 어린이였어.

하지만 그 누구도 그걸 기억 못하는 양 살고 있어.

어른들은 늘 어린이들에게

처음부터 어른이었던 것처럼 이야기하지.

참 이상하기도 하지.

your first start

when was
your first moment

어린 날의 그 마음으로
With a heart of childhood

—

오늘이 대단하지 않아도
오늘이 어제와 다르지 않았다 해도
오늘 어린이로 지낼 수 있었다면
오늘 어린 날의 마음으로 지냈다면
어른인 당신은 이미 대단한 거예요!
오늘은 당신이 태어난 뒤 가장 어린 날이니까요.

지금도 어린, 어린왕자

Do not be fooled by time and clock

We must use time as a tool,
not as a crutch

시간과 시계에 속지 말아요

Do not be fooled
by time and clock

—

속지 마!

시계를 보면 시간이 아주 천천히 가는 걸 볼 수 있어.

하지만 시간은 절대 천천히 가지 않아.

그러니 모두 자기도 모르게 어른이 되어 있는 거라고.

명심해!

시간은 우리 생각보다 아주 빠르다는 걸.

시계는 우리를 속이기 위해 어른들이 만들어놓았다는 걸.

기다림이 길어질수록
설렘도 커져갑니다

The longer we wait,
the more excitement we get

—

지구에서는 모든 게 오래 걸려.

하루도 너무 길게 흘러가.

그래서 내가 좋아하는 석양을 보려면

아주 오래 기다려야 해.

근데 그 기다리는 시간에 뭔가 다른 게 느껴져.

전에는 못 느꼈던 느낌. 기대감이 커진다고 할까.

지금 뭘 기다리든 초조해하지 마.

그만큼 느껴봐.

기다림은 설렘이니까.

어른들은 가장 소중한 것을
볼 줄 모르지

Adults can't see
the most precious things

—

내 친구 여우가 말해준 비밀이 있어.

아주 간단한 비밀.

하지만 어른들은 지키기 힘든 비밀.

모든 것은 마음으로 보아야 한다는 것,

정말 중요한 것은 눈으로는 보이지 않는다는 것.

그런데 어른들은 눈에 보이는 것만 봐.

사람들의 얼굴, 옷차림, 성형수술을 했는지 안 했는지,

비싼 가방을 들고 가는지, 어떤 구두를 신었는지,

머리 모양은 어떤지, 걸음걸이는 어떤지 등등.

그 사람이 오늘 어떤 기분인지,
그 사람은 오늘 무엇 때문에 가장 행복한지,
그 사람은 오늘 무엇에 가장 많은 시간을 보냈는지,
그 사람에게는 무엇이 가장 소중한지를
어른들은 궁금해하지 않아.

자라면서 어른들은 마음의 눈을 감아버렸어.
그래서 끊임없이 움직여도 공허한 거야.
마음의 눈에서 흐르는 눈물을 깨닫지 못할 테니까.

빙빙 도는 시간은 누구를 위한 걸까?
Time is around in circles for whom?

—

어른들의 놀라운 능력!
정말 바쁜 생활 속에서 치밀한 계획과 노력으로
틈새 시간을 만들어.
그렇게 만들어낸 그 시간에 똑같은 일을 하지.
왜 그렇게 노력해서 틈새 시간을 만든 건지 모르겠지만.

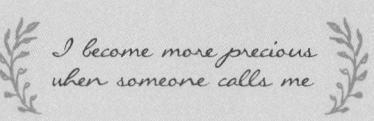

I become more precious
when someone calls me

누군가가 나를 불러줄 때
나는 더 소중해져

I become more precious
when someone calls me

—

수많은 꽃들이 나에게 말했다.

"너희는 행복한 거야. 우린 이름도 없거든."

"무슨 소리야. 네 이름은 꽃이잖아."

"그렇다면 네 이름은 사람이니?

이름은 너만의 것이야,

네가 소중한 만큼 소중한 거야."

너를 닮은 것을 볼 때마다
너를 기억할 거야

Whenever I see something like you,
I'll remember you

—

내가 왜 널 그려달라고 했는지 알아?

지구에 와서 가장 신기했던 게

하늘에서 차갑고 하얀 눈이 내리던 거야.

하지만 눈은 손에 닿으면 금방 녹아 사라지더라고.

그래서 생각해봤지.

눈과 가장 비슷한 게 뭘까?

그 눈과 가장 비슷하게 생긴 게 바로 너였어.

언제고 네가 더 자라서 더는 상자에 있을 수 없는 날이 오겠지.

그때는 너도 날 떠나가야겠지.

그래도 괜찮아.

눈이 오면 널 생각할 수 있으니까.

첫눈 오는 날마다 늘 포근했던 너를 생각할게.

Goodbye
my
friend!

We need a farewell
so we can meet again

이별이 있어야
새롭게 만날 수 있어요

We need a farewell
so we can meet again

—

어른들은 이별할 때 슬프다고 하지.

나는 이별할 때 설레는데 말이야.

또 다른 만남과 다시 만날 걸 생각하니까.

그래서 난 이별이 슬프지 않아!

우리는 늘 처음처럼 새롭게 만날 거니까.

Letters From :

잊어버렸던 내 안의 어린 왕자를
이제는 다시 만났기를 바랍니다